I'm sorry... My Bad!

I'm sorry... My Bad!

미안합니다

브래들리 트레버 그리브 지음 | 남길영 옮김

바다출판사

지금껏 부족한 저로 인해 마음이 상하셨던,
또 언젠가 마음을 다치게 될지도 모를 모든 분들께

미안한 저의 마음을 전합니다.

감사의 글

항상 내 맘대로 하려고 했던 점에 대해 먼저 "미안합니다"라는 사과의 말을 전하고 싶다. 여러분은 굳이 나와 함께 사과할 필요가 없기 때문에 두어 장 넘겨 본격적으로 글이 시작되는 부분부터 읽어도 무방하다.

<The Blue Day Book> 시리즈를 처음 선보이던 그때를 회상하면 지금도 신기하다. 여러 해 동안 계속되는 실패에 지쳐 있을 때, 심술궂게 생긴 푸른 빛 개구리 한 마리에서 성공이 시작되었다. 인간을 풍자한 면에서 비교해 보면, 내 작품은 마르셀 프루스트(약 4천 페이지에 달하는 《잃어버린 시간을 찾아서》의 저자)의 대작들과는 비교가 안 된다. 두툼한 스웨터를 즐겨 입고 헝클어진 턱수염을 하고, 밝은 색깔의 술 몇 잔을 즐겨 마신다는 점, 그 공통분모를 제외하고는 말이다. 또 헤밍웨이의 축소판이라고 주장할 마음도 없다.

여러분이 이 책들을 읽으면서 내가 글을 쓰며 느꼈던 즐거움의 반이라도 공감했다면 그보다 더 큰 행복은 없을 것이다. 그리고 이 책이 우리가 함께하는 마지막 책이라면, 무엇보다 지금이 미안함을 전해야 할 좋은 때라고 생각한다. 지난 몇 년간 이 책들이 당신에게 즐거움을 가져다주었다면, 아쉽게도 이 시리즈를 마무리하게 돼서 미안하다는 말을 전하고 싶다. 또 행여 이 책들이 그다지 재미나지 않았다면 별로 재미도 없는 시리즈를 여태 끌고 와서 미안하다 말하

고 싶다.

지금껏 나와 함께 일해 왔던, BTG 스튜디오와 전 세계 출판 관계자 여러분께도 사과를 드리고 싶다. 그대들이 내게 얼마나 소중한 사람들인지, 나의 친구가 되어 주고, 나를 지지해 주고, 또 내게 영감을 불어넣어 주어서 얼마나 감사했는지를 제대로 표현하지 못했던 점이 미안하다. 그동안 자신들의 훌륭한 사진 작품을 내 책에 함께 나누어 주었던 사진작가들과 그들의 에이전트에도 말이다. 정작 그대들의 얼굴이 들어간 사진은 거의 실은 적이 없었던 점을 정말 유감스럽게 생각한다.

또 가능하다면(이쯤 되니 그야말로 내 영혼은 회개의 마음으로 가득하다) 지금껏 내가 만난 모든 이들에게 사과를 드리고 싶다. 지금까지 나로 인해 실망하고, 상처받고, 부담을 느꼈던 모든 사람들에게 진심으로 미안한 마음을 전한다. 그 모든 것은 내가 의도했던 일이 아니었음을 믿어 주길 바란다.

언제나 빚진 마음이 드는 한 사람이 있는데, 바로 뉴욕 라이터스 하우스의 국제 작가 대리인인 나의 멘토 앨버트 주커맨이다. 패기가 넘치는 많은 신인 작가들이 그러하듯, 나도 내가 이미 모든 것을 알고 있다고 생각했다. 그의 다정한 충고든 전문적인 가르침이든 모두 내게는 한물간 소리로 들렸다.

그런 나를 앨버트는 고맙게도 라이터스 하우스로 불러들여서 몇 번의 시행 착오를 거쳐 겸손의 미덕과 일에 대해 가르쳐 주었다. 그가 한 방법은 다른 유명 작가들과 내가 짝을 이뤄 일하면서 그들을 보고 배우도록 한 것이다. 그 당시 나는 참으로 형편없는 학생이었다. 그때를 떠올리면 지금도 얼굴이 화끈거린다.

앨버트의 엄한 사랑이 중요한 열쇠였던 것 같다. 앨버트는 맨해튼에 있는 자신의 아파트 지하실에서 아버지에게서 권투하는 법을 배웠다고 했다. 앨버트가 10살 생일을 맞이하기 일주일 전쯤이던 어느 날, 앨버트는 자칭 "지로드의 커튼콜"이라는 강력한 3단 펀치를 쳐서 자신의 아버지를 기절시켰다. 그 이후 그들 부자는 탁구로 종목을 바꾸었다고 한다.

내가 웨스트 22번가 21번지에 도착하면, 앨버트는 라이터스 하우스 뒤쪽의 안전한 공간으로 나를 데려가곤 했다. 타이머를 켜 놓고 몇 회의 공방전을 치렀고, 하루 종일 매달리기도 했다. 앨버트는 가벼운 잽으로 내 아래턱을 공격하기도 했고, 나의 부드러운 가슴을 양 주먹으로 가격하기도 했다. 그렇게 몸에 충격을 느끼며 나는 그에게서 해설, 극적인 요소, 문법, 묘사의 범위, 사실적인 화법, 심지어 작가로서 옷 입는 방법과 태도에 관한 내용까지 배웠다. 앨버트는 한 번도 피곤해 보인 적이 없었지만, 나는 매일 밤, 마치 뼈 없는 바다코끼리마냥 침대에 쓰러졌고, 부드러운 베개를 붙잡고 흑흑 눈물을 흘렸다. 배려심 깊은 앨버트는 내가 잠을 자는 동안 꿈도 똑똑하게 잘 꾸라고 내 베개 밑에 두 권의 옥스퍼드 영어 사전을 넣어 두었다.

　얼마 동안 그렇게 시간을 보냈다. 하루는 우리가 일레븐 메디슨 파크에서 거한 점심을 하고 나서 나는 앨버트에게 디저트를 좀 더 하라고 권했다. 그리고 약 30분 후 다시 돌아와 권투 장갑을 끼었는데 식곤증으로 앨버트의 움직임이 적당히 느려지고 있다는 것을 알았다. 나는 시작 벨이 울리자 유일한 기회가 왔다 싶어서 두 눈을 질끈 감고 울부짖으며 마치 정신 나간 데르비시(황홀 상태에서 빙글빙글 돌거나 격렬하게 춤추거나 또는 노래 부르는 등의 법열적(法悅的) 의식을 행하는 탁발 수도승)처럼 앨버트를 향해 달려들며 돌풍 같은 광적인 펀치를 날렸다. 그 다음 정확히 무슨 일이 일어났는지 잘 모르겠지만, 여하튼 나는 교활한 훅을 날려 그의 콧수염을 나풀거리게는 한 모양이었다. 그는 멍한 표정으로 둔탁하게 바닥에 주저앉았다. 나는 두 눈을 뜨고 속수무책인 그를 쳐다보며 죽일 듯이 달려들어 'farther'와 'further', 그 두 단어의 미묘한 차이가 뭔지 속사포로 쏟아냈다. 나는 키츠의 시를 인용까지 하면서 확신을 더했던 것도 같다. 그러고는 지친 나도 링 바닥에 드러누웠다. 앨버트와 나는 거친 숨을 내쉬며 말없이 놀란 표정으로 서로를 응시하며 그렇게 잠시 바닥에 누워 있었다. 앨버트는 자신의 옷을 털며 일어나 따뜻한 미소를 지으며, 다음 순간 나를 일으켜 주고는 이제는 문학견습 생활을 시작할 준비가 된 것 같다는 말을 하였다.

그 다음 주, 앨버트는 나에게 라이터스 하우스로 와서 자신의 사무실을 정돈하는 일을 도와달라고 했다. 지난 수십 년에 걸친 유명 작가들의 원고가 해를 보기를 기다리며 양쪽 문과 창문을 가로질러 죽 쌓여 있었으므로 그것을 정리하는 일은 만만치 않았다. 그 어두운 혼란에 빛을 가져오는 일은 천천히 진행되었다. 그 원고더미들은 귀중할 뿐만 아니라 상당히 무게가 나갔으므로 그것들을 들어 올릴 때마다 허리가 끊어져 나갈 것 같다고 불평을 했다. 일을 하면서 우연히 발견하게 된 어떤 글들은 너무 훌륭해서 우린 둘 다 일손을 멈추기도 했고, 더러는 원고더미를 반쯤 들어 올리다가도 멋진 문장, 신선한 단락, 혹은 뛰어난 장들이 눈에 띄면 함께 정신을 팔기도 했다. 우리는 중간에 커피로 재충전을 하고 밤늦도록 그 일에 매달렸다. 피곤함으로 온몸은 축 처지고 땀으로 범벅이 되었다. 앨버트와 나는 남은 선반을 깨끗이 치우고 마지막으로는 비장본을 조심스럽게 순서대로 꽂았다. 결국 새벽 1시가 되어서야 거의 몸을 끌다시피 하여 8번가로 돌아왔지만 말도 꺼낼 수 없을 만큼 피곤했다.

앨버트가 살고 있는 집 앞 계단에 다다랐을 때, 그는 내게 힘든 일을 도와줘서 고맙다며 아픈 허리를 펴며 두 팔을 활짝 벌려 아빠 곰처럼 나를 안아 주었다. 가서 푹 자라고 인사를 건네며 현관에서 다시 뒤를 돌아보더니, 애정이 담뿍 담긴 눈빛으로 나를 보며 그가 말했다.

"브래들리, 이 친구야! 미안한데 말이야, 우리가 이 일을 세상 끝날 때까지 할 수는 없을 것 같아."

앨버트, 저도 미안해요. 정말 미안해요.

I'm sorry... My Bad!

미안합니다

잠시만 시간을 내주세요. 제발 외면하지 말아 주세요.
제 말을 끝까지 들어주기만 하면 돼요. 네?

Wait. Please don't turn away. Just hear me out—that's all I ask.

모든 것이 제 잘못입니다.
그래서 정말 미안합니다.

It's all my fault, and I am so sorry.

저도 잘 알고 있어요. 하지만 먼저 말하기가 쉽지 않네요.

I know I was wrong, but it still isn't easy to come clean.

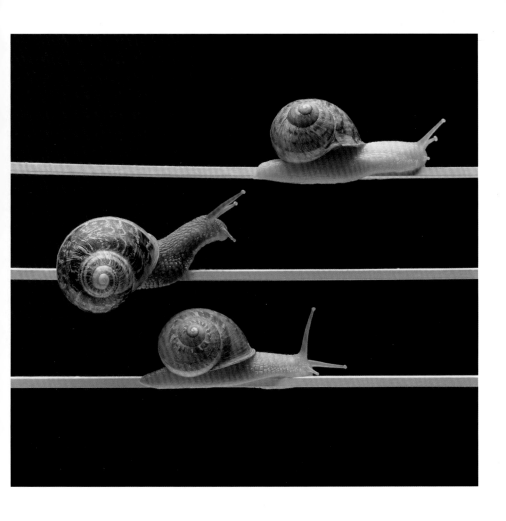

사과를 해야겠다는 마음은 오래전부터 먹고 있었지만
용기를 내기까지, 적절한 말을 떠올리기까지 시간이 좀 걸렸습니다.

I've wanted to apologize for what seems an eternity,
but it's taken awhile for me to summon up the necessary courage and the right words.

점점 시간을 끌수록 당신께 말을 꺼내기가
더 힘들게만 느껴졌습니다.

The longer I waited, the harder it was to talk to you,

진실해야 하는 순간 어찌된 일인지 말이 나오지 않고,
무의미한 말만 하는 상태에 빠지고 말았어요.
네, 그래요. 이런 제 모습이 옆에서 보는 사람한테는 재미날 수도 있겠죠.

and now, at the moment of truth, I collapse into a tongue-tied, emotional wreck capable
only of meaningless Yoda-speak. Though amusing, from time to time, this is, yes.

코로 깊게 숨을 들이마시고…… 이제야 좀 안정이 되네요.
심장박동도 정상으로 돌아오고, 마음도 차분하게 가라앉았어요.
먼저 미안하다는 말로 시작해 볼게요.

So, with one last deep breath through the nose, I enter my "happy place."
My heartbeat is steady. I am calm. Let me start by saying I am sorry I screwed up.

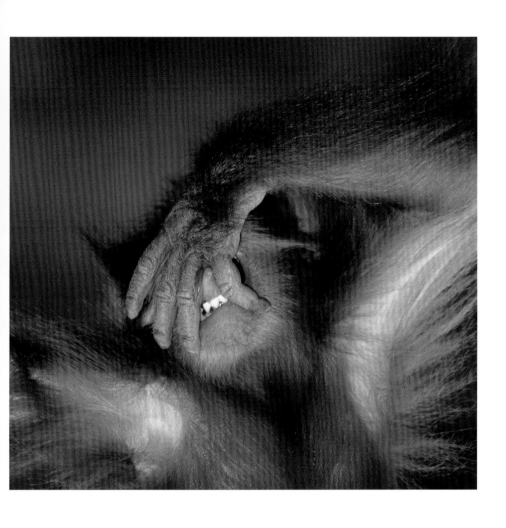

제가 일을 그르쳤어요. 정말 제대로 일을 망쳤다고요.
제가 그런 것도 모르고 있는 줄 아셨죠!

I mean, I really screwed up big time, and boy, do I know it!

제가 했던 일들은 너무 사려 깊지 못했어요.
모두가 눈치 보고 있을 때 마지막 남은 초콜릿을
냉큼 제 입으로 가져가는 것보다 더 생각 없는 행동이었어요.

What I did was so thoughtless—
worse than eating the center out of all the Oreo cookies in the world,

욕탕 속에서 남들 눈을 피해
슬쩍 오줌을 누는 것보다 더 나쁜 행동이었죠.

even worse than secretly peeing in a hot tub.

어리석기로 보자면, 한밤중에 TV를 보다 느닷없이
싸구려 제품 광고에 꽂혀서 얼토당토않은 운동기구를 사들이는 일보다,

And talk about stupid. What I did was even dumber
than buying ludicrous exercise equipment from a cheesy midnight TV infomercial

혹은 좀 멋있게 보일까 싶어서 갱스터 랩 가수인 척
폼 잡는 것보다 바보 같은 일이었어요.

or pretending to be a gangsta rapper to look cool.

모두 제 잘못입니다.
이제 우리 사이에는 이상한 벽이 생겼어요.
제가 망쳐 버렸다고요.

It's all my fault there is a weird barrier between us now. I blew it.

제가 당신을 너무 멀리 밀쳐 냈어요.

I pushed you too far.

당신의 마음을 아프게 하고,

broke your heart,

당신을 화나게 하고,

made you mad,

또 당신의 생각을 완전히 뒤흔들어 놓았어요.

and turned your world on its head.

당신이 마음 약한 사람이라 행여 독한 술기운이라도
빌리려 한 건 아닌지 차마 묻지 못하겠습니다.

I feel sick knowing that if you were a lesser being,
you might even have turned to strong drink,

굳건히 믿고 지켜 왔던 신념 자체에
의문을 느끼며 괴로워했던 것은 아닌지,

questioned the foundations of your faith,

괴로움을 이기지 못한 당신이 정말 우울한 시라도 써서
주변 사람들마저 울적하게 만들었던 것은 아닌지요.

or perhaps written some really lousy and depressing poetry
that would have brought everyone else down, too.

이 시점에서 질문 하나:
이 세상에서 가장 바보 같은 얼간이는?

Question:
Who's the biggest, stupidest jerk in the known universe?

정답:
저요, 바로 저예요.

Answer:

Me.

저는 고집도 무지하게 셉니다.

I'm also stubborn,

잘난 체를 잘하는 특기도 있지요.

smug,

게다가 완전히 무례하기까지 합니다.

and just plain rude.

혹시 제가 나태하고 잘 씻지도 않는
게으름뱅이라고 밝힌 적 있나요.

Did I mention I was also a lazy, smelly slob,

저는 투덜투덜 넋두리를 늘어놓아 한심하기 짝이 없고,

a pathetic whiner,

위선에 가득 찬 멍청이랍니다.

a pious twit,

제가 시작한 일마다 중도 포기를 해서
당신을 실망시키는 뻔뻔이라고도 말했나요?
and a big fat quitter who let you down?

일찍이 제 자신을 파악했어야 했는데,
이제 와 생각하니 정말 부끄럽습니다.

I should have known better, and I am deeply ashamed of myself.

"으!" 저는 대체 왜 그랬을까요? 한심하기 짝이 없네요!
왜 그렇게 어리석었을까요?!

"D'oh!" Why oh why did I do it? What a loser!
How could I have been so stupid?!

제 잘못이 하도 크다 보니
후회스러운 마음도 깊어서 움츠러드는 기분입니다.

My guilt is so profound and my regret so intense that it makes my teeth ache.

물론 당신이 저의 기분까지 배려할 이유는 없어요.
하지만 이 괴로운 마음에서 벗어날 수 있는 유일한 길은
진심으로 드리는 사과를 당신께서 받아 주는 것뿐입니다.

I don't know why you should care, but there is only one way for me to be free of this torment,
and that is if you will accept my full and sincere apology.

당신과 저 사이에 무슨 일이 있었든 상관없이 그저
제가 얼마나 가슴 깊이 미안해하는지를 알아주셨으면 합니다.

No matter what happens between us, I just want you to know how truly sorry I am.

저로 인해 슬퍼하는 당신을 지켜보는 것보다 더 슬픈 건 없습니다.

Nothing makes me sadder than seeing how sad I have made you.

부디, 다시 마음을 열고 저를 받아 주세요.

Please open your heart and let me back into your good graces.

한 번만 더 기회를 주세요.
절대 후회하지 않게 할게요.

I promise I can and will make it up to you. You won't regret it.

제가 사는 동안 두 번 다시 그런 일은 안 할게요.
하늘에 맹세코 진실입니다.

I swear I will never do anything bad as long as I live.
Cross my heart and hope to die.

또다시 당신을 화나게 만드는 일이 생긴다면, 오 하느님!
전지전능하신 당신의 지혜로 저의 이 부드러운 엉덩이에
펄펄 끓는 뜨거운 물로 영원히 벌을 내리소서.

My God, in his infinite wisdom, afflict my tender buttocks
with ten thousand explosive boils for all eternity if I ever upset you again.

저는 여기 무릎을 꿇고 간청합니다.
저의 사과를 받아 주시기를.

I'm on my knees here, begging you to accept my apology.

바닥에 배를 깔고 엎드려 두 발로 당신을 향해 기어가며
나의 입술은 용서를 구합니다.

I am on my belly, crawling toward you with my lips, pleading for forgiveness.

당신이 저에게 화를 내는 건 너무나 당연합니다.

You have every reason to be upset with me.

그리고 당신이 저의 일에서 깨끗이 손을 뗀다 해도
제가 무슨 말을 할 수 있겠어요.

and you are fully entitled to wash your hands of me once and for all.

당신 어깨 위에 내려앉은 천사조차 그만 눈길을 거두고 마음을 접고
뒤도 돌아보지 말고 가 버리라고 말하고 있겠죠.
그렇지만 이번 한 번만 천사의 말을 못 들은 척해 주세요.

Even the angel on your shoulder must be telling you to close your ears,
avert your eyes, and walk away—but please ignore her, just this one time. I beseech you.

다시 한 번 기회를 주신다면 남은 평생 입 꾹 다물고
다른 부탁 같은 건 하지도 않을게요.

If you give me one more chance I shall zip my lip
and never ever ask for anything else for the rest of my life.

자, 어때요? 당신과 저, 다시 예전처럼 지낼 수 있는 건가요?
그럴 수 있는 거죠?

So, what do you say? Can we start again? Can we, please?

물론 당장은 좀 부자연스럽고 어색할 수도 있을 거예요.

Sure, it might be awkward and clunky for a little while,

그렇지만 당신이 미처 깨닫기도 전에,
우리는 예전의 모습을 다시 찾게 될 거라고 믿어요.
but I believe we can get our rhythm back before you know it.

그저 서로 함께 시간을 나누며
저로 인해 금이 갔던 신뢰를 다시금 회복하면 돼요.

We just need some quality time together to rebuild the trust I damaged,

그러다 보면 결국 예전 그때의 우리로 돌아갈 수 있을 거예요.
혹시 알아요? 그 어느 때보다 더 돈독한 관계가 될지?

and eventually it could be just like old times—who knows?

Maybe even better...

한마디로 제가 하고 싶은 말은
"정말 그 모든 일들에 대해서 진심으로 미안합니다!"

In a nutshell, what I want to say is this:
"I'm truly, deeply, and genuinely sorry for everything!"

우리 다시 예전처럼 친구가 될 수 있는 거죠?

Can we be friends again?

다시 제 친구가 되어 주실 거죠, 그렇죠?

Please?

옮긴이의 글

　남에게 미안한 감정을 안고 있기가 부담스러워서, 그리고 미안하다는 말 자체를 꺼내기가 거북해서 나는 가능한 한 미안할 일 자체를 하지 않으려고 노력하는 편이다. 내가 그러하다 보니 다른 사람들이 미안할 일을 저지르는 것을 보는 것도 불편해하며 살아왔다. 그러다 몇 해 전, 가톨릭에서 하는 '총고해(總告解)'라는 제목으로 과거 나의 모든 죄를 고백하는 때가 있었다. 준비하는 처음 며칠은 스스로를 약속이나 규칙을 잘 지키고 나름 예의를 갖춰 다른 사람을 배려하려 노력하는 사람이라 믿고 있었기에 내가 이렇다 하게 저지른 큰 죄가 뭐가 있을까라는 생각을 하며 보냈다. 그러던 중, 문득 다른 사람의 마음을 불편하게 만들고 다치게 한 모든 일도 죄가 된다는 생각에 이르니 그간 나의 삶속에서 무심코 했던 행동, 생각 없이 던진 말 한마디, 의미 없이 보낸 눈길 하나, 몸짓 하나로 인해 마음 상했을 수많은 이들에게 미안한 마음이 밀려왔다. 기억나는 일들을 시간순으로 정리하여 추리니 A4 용지로 예닐곱 장은 족히 넘는 분량이 되었다.

　그렇게 준비를 해 간 나의 총고해는 무사히 끝이 났지만, 그 밖에 내가 알아내지 못한 죄 또한 한 보따리는 되었을 것이다. 왜 나는 그렇게 미안한 일들을 했던 것인지 그때의 내 마음은 무엇인지 되짚어 보았다. 아마도 그때 내 마음은 오직 나의 가치관, 나의 입장, 나의 자존심, 나의 감정만이 중요해지는 이기심 속에 매몰되어 다른 사람들은 안중에도 없었던 것 같다.

관심도 없고, 그들의 마음은 알려고도 않고 온통 '나'로 가득 차 있었다. 그건 실로 '나'만 아는 무지의 상태였다. 때로 나 자신에 관해서도 잘 알지 못했기에 '되어야 하는 나'에 발목이 묶인 채 스스로를 괴롭히며 그래서 나 자신에 게조차도 미안한 일을 많이도 했다. 조선 정조 때 문인, 저암(著庵) 유한준(俞漢儁)이 남긴 "사랑하면 알게 되고 알면 보이나니, 그때 보이는 것은 전과 같지 않더라"는 말처럼 나는 정말 아는 것이 많지 않았고, 잘 알지 못했던 미욱함에 갇혀 있었기에 더 많이 사랑하지 못했고, 더 많이 사랑하지 못하니 다른 이들의 마음도 깊이 헤아리지 못했던 것 같다.

그렇다고 지금의 내가 많은 것을 깨달은 것은 결코 아니다. 나는 언제든 또 다른 무언가에 휘둘려 '나' 속으로 빠져들어 미안할 일들을 하는, 여전히 불완전한 존재이다. 다만, 내가 알지 못했다는 그 사실을 조금 알았을 뿐이며 이제는 미안함을 느끼는 것이 그렇게 부끄러운 일이 아니며, 미안하다고 말하는 것이 그렇게 자존심에 금이 가는 일도 아닌 것 같다. 어쩌면 그것은 성찰(省察)의 작은 시작이며 용감한 고백일 수도 있고, 때로는 사랑의 또 다른 표현이 되기도 한다는 생각이 든다. 물론 같은 잘못을 저지르며 습관적으로 '미안하다'는 말을 되풀이 하는 그런 상황은 바람직하지 않다고 본다. 마음 깊이 미안함을 느끼면 당연히 같은 실수는 하지 않을 테니 말이다.

이 책은 지금까지 출간 된 <The Blue Day Book> 시리즈 가운데 내가 번

역하는 세 번째 책이고, 저자인 브래들리에게는 전 세계적으로 많은 사랑을 받았던 이 시리즈를 마무리하는 마지막 작품이다. 브래들리는 이번 작품을 통해 그동안 함께 일하며 도움을 받았던 많은 사람들과 이 책을 사랑해 주신 많은 독자들에게 깊은 감사를 전하고 있다. 또 큰 고마움을 다 표현하지 못하다 보니 미안한 마음으로 대신하게 된 것 같다. 덕분에 나도 번역을 하며 고마운 마음과 미안한 마음이 이는 사람들을 짚어보는 소중한 시간을 누렸다. 나도 내 안에 스미는 감사와 미안함을 다음의 한 말씀에 담아 전하고 싶다.

"미안합니다. 그리고 사랑합니다."

2014년 12월
옮긴이 남길영

I'm sorry... My Bad!

미안합니다

초판 1쇄 발행 | 2014년 12월 8일

지은이 브래들리 트레버 그리브
옮긴이 남길영
책임편집 이선아
디자인 김수정, 김한기

펴낸곳 바다출판사
발행인 김인호
주소 서울시 마포구 어울마당로 5길 17 (서교동, 5층)
전화 322-3885(편집), 322-3575(마케팅부)
팩스 322-3858
E-mail badabooks@hanmail.net
홈페이지 www.badabooks.co.kr
출판등록일 1996년 5월 8일
등록번호 제 10-1288호

ISBN 978-89-5561-745-0 (04840)